Une sorcière dans la boutique

Mymi Doinet • Mérel

Nathan

Rachid le timide

Mélanie la chipie

Pacha le chat

Pascale la géniale

Arthur le gros dur

Es-tu prêt pour une nouvelle aventure ? Eh bien, commençons !

Ah, j'y pense ! les mots suivis d'un ☼ sont expliqués à la fin de l'histoire.

- 1 -

Dans la boutique
de mademoiselle Lafée,
il y a des jouets magiques...

Une sorcière dans la boutique

Ce matin, Gafi et ses amis vont acheter des toupies volantes !

Une sorcière dans la boutique

Mélanie dit à Gafi :
– C'est drôle, Il y a une nouvelle marchande.

Elle a de gros boutons sur le nez
et du poil au menton !

Une sorcière dans la boutique

L'horrible marchande fait monter
Arthur et ses amis dans le plus gros
jouet de la boutique.
C'est une voiture de course géante !

Que va faire l'horrible
marchande de jouets ?

Une sorcière dans la boutique

La marchande ricane☼ :
– Miam, je vais transformer ce bolide☼ en marmite !

Une sorcière dans la boutique

– Vite, sauvons-nous !
  Pascale allume le moteur.
– Zut, ça ne démarre pas !

Une sorcière dans la boutique

Rachid tremble :
– Cette marchande est une sorcière. Elle va nous faire cuire dans sa voiture-marmite. Au secours, Gafi !

Heureusement, Gafi a plus d'un tour dans son drap...

Tu veux connaître
la suite de l'histoire ?
Alors, suis-moi...

- 2 -

Gafi s'échappe de la voiture.
Ouf, il libère Arthur, Mélanie, Rachid et Pascale !

Une sorcière dans la boutique

Au même moment, mademoiselle
Lafée retire son masque de sorcière.
Elle dit en riant :
– Poisson d'avril !

Une sorcière dans la boutique

Mademoiselle Lafée veut
se faire pardonner. Elle va chercher
des sucettes qui font de la musique.

Une drôle de surprise
attend mademoiselle Lafée...

Une sorcière dans la boutique

Pendant ce temps, en cachette,

Gafi aide les enfants à enfiler
des déguisements de fantômes !

Une sorcière dans la boutique

Gafi et ses amis forment une ronde
autour de mademoiselle Lafée :
– Hou, hou, hou ! font-ils.

Puis, tous ensemble, ils s'écrient :
– POISSON D'AVRIL !

Cette fois-ci, c'est mademoiselle Lafée qui est bien attrapée !

c'est fini !

Certains mots sont peut-être difficiles à comprendre. Je vais t'aider !

Ricane : la marchande rit en se moquant de Gafi et ses amis.

Bolide : c'est une voiture très rapide.

Plus d'un tour dans son drap : jeu de mots pour dire « plus d'un tour dans son sac » : Gafi est très malin.

La marchande est bien attrapée : Gafi et sa bande ont bien réussi leur blague.

As-tu aimé mon histoire ? Jouons ensemble, maintenant !

Le bon chemin

Pour aller au magasin de jouets, Gafi et ses amis doivent passer devant 8 maisons et 1 feu rouge. Quel est le bon chemin ?

Drôles de jouets

Observe la vitrine de jouets et trouve les 3 anomalies qui s'y sont glissées.

Réponse : L'ours en peluche a une queue de zèbre, la poupée a trois bras et l'éléphant a une queue en forme d'hélice.

Joue avec Gafi

Mots cachés

Deux noms de jouet se cachent dans cette grille de mots. Les vois-tu ?

O	U	R	C	T	O
B	A	L	L	O	N
P	E	P	O	U	O
U	K	O	U	P	E
Z	D	U	C	I	L
L	O	P	N	E	J

Réponse : BALLON et TOUPIE

le mot mystérieux

Aide Gafi et ses amis à lire la grille en remplaçant les dessins par les bonnes voyelles : a = 🕷, e = 🧹, o = 🦉, u = 🎃.

RASSUREZ-VOUS,
JE NE VEUX PAS
VOUS MANGER !

Réponse : Rassurez-vous, je ne veux pas vous manger !

Dans la même collection
Illustrée par Mérel

 Je commence à lire

 Je lis

1- *Qui a fait le coup ?* Didier Jean et Zad
2- *Quelle nuit !* Didier Lévy
3- *Une sorcière dans la boutique,* Mymi Doinet
4- *Drôle de marché !* Ann Rocard

5- *Gafi a disparu,* Didier Lévy
6- *Panique au cirque !* Mymi Doinet
7- *Une séance de cinéma animée,* Ann Rocard
8- *Un sacré charivari,* Didier Jean et Zad

Directeur de collection et conseil pédagogique :
Alain Bentolila

© Éditions Nathan (Paris-France), 2004
Conforme à la loi n°49956 du 16 juillet 1949
sur les publications destinées à la jeunesse
ISBN 209250409-6
N° éditeur : 10113674 - Dépôt légal : août 2004
imprimé en Italie par STIGE